歌集

朝の食卓

河崎展忠

吉備人出版

著者近影　京都・哲学の道にて

目次

歌集

朝の食卓

河崎展忠

人と生まれて

何処より来たりて何処へゆくわれかこの惑星に人と生まれて

屋上に莫蓙をひろげて寝ころべば我れより小さし北斗の星は

雀来る朝あり鳩来る夕べありどこへも行かぬわれが見ている

就寝も起床の時間も意のままの自由というは時に切なし

パソコンもスマホも持たで困らざり旧弊という人もあらねば

泣くことも笑うことも忘れたる老人ホームに灯りがともる

スピードを落としてラジオも消して聞く妻の伝うる検診結果

われもすぐ逝く身であれど束の間の後前《あとさき》あるもありてかなしむ

生と死は誰れが采配ぞ喜寿を期す同窓会にわれは来て座す

その国を訪ねたことはなけれどもヨーグルトならブルガリアを買う

道のべに命燃やせと病むわれにそよぐ姿の彼岸花あり

電話

かすかなれど隣家に長く鳴る電話何事ならんと思いつつ聞く

愛らしき像《かたち》残せる蝉の殻命愛《かな》しみそつと掌に置く

老いづけば時を惜しみて命濃く生きんと思う身をひっさげて

散りぎわは武将であれどわれわれも同じことなりみな一人逝く

浅間山闇に炎を上げている燃え盛る火と燃え尽きる火と

遠花火の音いつか絶え気がつけば無為に逝かしむこの夏もまた

忘れたきこと多き世にさらさらとなべて忘るる妻をうらやむ

誰れひとり知らぬ所で住みたしと思う日もありこの町を出て

力こめて蚊をば打ちとるその時は命のことをいつも思わず

町はずれの闇に浮かんで煌こうと宇宙ステーションのようなコンビニ

ゆで玉子の輪切りの色の美しさ夕べの月がまた出たようだ

創立より五十年の保育園われの作詞の園歌唄わる
（作曲　いずみたく）

妻の名前

配偶者欄に妻の名前書くたまたま会いし人ではあれど

湯布院で妻とすごせし夏の日の虹のさやけき見しを忘れず

引き出物の同じ袋を持つ人と会釈を交わしホームに並ぶ

初めての給与をそのまま手渡しぬ母者《ははじゃ》がわれを両手で拝む

亡骸の父の頬をさすりつつご苦労でしたと母はつぶやく

雪が降る日

何ひとつ変らぬままに雪が降る去年のこの日父は逝きたり

七人の子と一七人の孫を得て父は一本の倒木となる

つつましき食にありしが母上のあふれん心われを育てし

戦時下の飢餓感今もそのなごりこぼした飯をついひろい食う

夕暮れの波打ちぎわにやや薄き潮の匂いをたしかめてをり

よく荷物さげてくれにし弟が骨つぼに納まり子に抱かれいる

明日からは妻が不在の数日を過ごすと思えば余裕めく夜

いつまでも父ではおれず子は巣立ち思わぬ孤独を噛みしめている

曖昧なる言葉なれども「頑張」るは老いたるわれの今日の始まり

何をしに仏間に来しや探し物忘れて鉦を一つ叩きぬ

古びたる「筑前琵琶」の床に在り母の形見と知る人もなく

斎場の注意事項に知りしこと柩に本を入れてはならず

身よりなき友逝きし後ものなべて廃品と化し車に積まる

子のために滝の荒行する母の心は深い愛だけがある

薬師寺の塔

驟雨去り茜の空にくっきりと切り絵の如き薬師寺の塔

雨の降る音を好めるわが妻の目を閉じて聞く山里の湯に

誰れが打つ梵鐘の音か聞こえきて奈良の都は今日を暮れゆく

行きずりの人に知らされ振り向けば海をまたぎて大き虹立つ

星座の名教えくれにしあの友もあの星空ももう還らない

古書店の主人

学生の時に通った古書店の主人も死んだと風の便りに

ありし日の母の腕に眠るごと陽のぬくもりの残る布団に

年老いて会うこともなき友は今賀状のみのえにしとなりて

殊更に日本賛美の声がある破滅に至る昭和に似たり

軍港という名残れるこの海辺若き男女の手をつなぎゆく

もしかして改憲政治のその先に戦後初の戦死者出るやも

サーカスのポスター

サーカスのポスター一枚画鋲とれ木下の文字風にゆれてる

ひとり居のわれの窓辺をといくれし鳩へ語れり今日の出来ごと

誰れも居ぬ真昼の墓地に曼珠沙華やがて滅ぶに命燃やして

宝くじまたもはずれて「老人の才覚」と言う本を買いけり

読みかけの本の結末気にしつつ妻と日課の散策に出る

本当に書きたきことは書けぬまま出さねばならぬ友への手紙

杖つきて翁の細き道ゆくを苅田の五位鷺じっと見ており

田の蛙あさまで唄いて寝不足か揃いて畦に顎をのせてる

今日を終う夕陽の海を眺めつつ病む身は明日の危惧深むなり

入院も休養のうちと決めこんでベッドの上で本に親しむ

老いの身をだましだまして生つなぐ時には人恋う歌も詠みつつ

遠き日につなぎたる娘の手を借りてベッドの上よりそろり下り立つ

ハイネの詩集

読むことが青春だった日もありてハイネの詩集また開きみる

確実に滅びるものの尊きは歴史を創るひとこまとなる

七十でいのち消えたる弟の月日のあわいにほとどきす鳴く

曼珠沙華両脇に咲く径ゆかば彼岸の国へ移るここちす

店頭に値段をつけて並べらるる蛸を生け簀の蛸が見ている

「スイカ割る」子らの歓声聞こえくるそんな気のして一切れを買う

宗教は人がつくりしものにして宗教が人をつくるに非ず

いづくかで人が泣いてる山鳩の知らせるような声の聞こゆる

日の落ちるまでを見とどけ戸を閉める今日と言う日はもうこないから

社長さんと呼ばてわれは宿帖に社長と書いて大の字で寝る

法要をすませた後は墓まいり生き残りたる者はにぎやか

絵心があれば描きたし曼珠沙華山下清の花火のように

いつかくる独りぐらしをお互いに案じて言はず朝の食卓
（西行賞佳作）

阿南さん一死で詫びるは立派だが戦死者達は生きて還らず

集団的自衛権説く宰相の後ろに鳩が忙しく啼く

地球さえ小さき存在と思うわれ君との出逢いは仮初《かりそめ》ならず

放置され飢え死にしたる五才の児親の愛さえとどかぬままに

廃港をペンペン草の黄占めてただ歳月のまぶしかりけり

母親の恩愛というしがらみののこりて遺影を心してみる

行けなかった都市ばかりが美しい孫の地球儀借りて見てゐる

もどり来て父母《ちちはは》すでに棲まぬ家の朝の廊下の冷たさを踏む

夜釣の人

突堤で灯のとどかざる位置に座し夜釣をしてゐる人影の見ゆ

寄る辺なく心揺れゐる午後の四時救急車の音遠く聞こゆる

通院が三十五年経過して主治医もわれも共に老いたり

配達のバイクの音が素通りし便りなき日に置き去られたり

三毛猫がすたすた庭を横切りてさも用ありげに隣家へ消える

桜木の玄き雷は身のうちにくれない秘めてかたく静もる

うさぎどし巳どし申どし老姉妹襤褸《らんる》となるも長女は強し

少しずつ頑固になりしが消しゴムで消せる程度の濃さでありたし

病み臥せば紙屑までも馬鹿にする籠に投げしが外に転がり

遺されしものらの思い和らげる三回忌とは優しき区切り

母と見し施設の桜は咲きいるかまたねと別れそのまたは来ず

どのように老いても桜は春くれば身ぐるみ花となりて華《はな》やぐ

指で確かむ

信をもちわれ道曲げず生きてきて自らの骨指で確かむ

父母《ちちはは》の護りはあつし姉卒寿われは傘寿のいのち賜る

早朝に救急車の音はたと止み近所隣りが騒がしくなる

カラオケに「青い山脈」を唄いつつわが青春に思いをはせる

侘助の下枝に鶯一羽きて春の余情がしたり顔する

親不孝人並みにして葬りたる古りし悔恨いまだ疼きぬ

青葉の笛の若武者討ちし直実《なおざね》の読経の庵に春の雨降る

これまでと決めて返信投函すポストの鈍き音をひきずる

さよならも言えず別れた初恋の人は今でも十八のまま

ふつうの足

追い抜いてゆく足ばかり見送りぬふつうの足とは何と美し

桜咲くその爛漫を仰ぐなりこの穏やかな儘でありたし

願わくは花の下にて春死なん思いは同じ頷きて見る

アルプスを背に定番の被写体に妻との旅は阿吽の呼吸

一周忌の式場は花で明るけど被災者にとりては暗闇のまま

「三木行治とその生涯」を読みをれば父の名前がところどころに

わが父のたたかいたりし支那事変懐かしかりき古きいくさは

老い父の介護をこぼす友のいて時に羨む父なきわれは

ひっそりと老い二人棲むたたずまい木蓮の白月に照らさる

波打つもドラマ還らず未練曳き何にすがらん歌を詠み続ぐ

渋川を吹きわたる風は明るくて思い出ばかりの人と佇む

この海に命うばわれし子のありや岸にたたずむ地蔵尊あり

鐘の音は鐘をはなれて静かなる波のまに間に遠く消えゆく

海の青島のみどりに夏の空沖の白波渚の小波

弟の死

死に目にも会はず逝かせし弟に今宵届けん唱歌「ふるさと」

何事もわれを追い抜く弟が人生までも追い越してゆく

法要の卓に食べもの置かるころ死者の話が生者に移る

行く雲を誰れもが黙って見ておりぬ過去も未来もなきがごとくに

悪事ばれ辞した議員も再選ににわかにテレビの前で胸張る

巨大なる生きものはおしなべてまなこあいらし象も鯨も

雲に憧る

いつか死すそう思いつつ山頂で雲に憧る生のひととき

骨格の標本のごとく食べ尽くすわが誕生日の頭つき鯛

わが前の仔犬は何度もふり向きてやがて飼い主のあとをつきゆく

顔中のしわを眉間に引きつけて孫の事故死を友は話しぬ

死にたもう母のショールを陽に干してはためく五月の風を見ている

人はみな裸の王様もろもろの罪咎まといて今日も町行く

釣り銭を確かめていて苦笑する相手が自販機なるに気づきて

訳ありて酒を呑みしか前を行く人は波間の小舟の如し

十月の初めの週のわが部屋に休暇を取らぬ蟻が来てをり

九条を小骨のように取りたがる改憲一途の総理あらわる

旧姓で名前を呼ぶとほほえみて近づいて来る媼の友は

ご近所は三代目さんが多くなる床屋も医者も市会議員も

肩に手をかけやることもなきままに明日で妻は古希を迎える

夕映えの空を雁が渡りゆく流離の愁いわれにのこして

山城の跡

滅びたる強者《つわもの》どもも聞きしかな山城跡に法師蝉鳴く

秋高し会津の郷に訪ねきて白虎隊士の偲ばるるかな

一片の落ち葉を受けしコーヒー椀「ああ玉盃に」とふと口ずさむ

バス賃も払えぬ市民に選ばして国会議員は全線無料

近頃は存在感の薄れしか人に悪口言われなくなる

生きてあらば父百歳となる朝庭木の松に積みて雪降る

「先生」と声出しサンタが寄ってくる誰れかと問えば僕ですと言う

平成の時代となるもわが町に海軍社宅と呼ぶ所あり

仏壇に供えて羊羹甘党の母は笑まうも減ることもなく

竹槍で突きの練習友とせし遠き思い出今に懐かし

野麦峠

非正規で働きづめの女性たち野麦峠は今もどこかに

老いた身は過去の事ども懐かしみ壁のへこみを撫づる夜もある

アパートの前を歩ける小さき影老いにし者がそこに生きいる

オスプレイ市民の怒りを気にもせず爆音響かせ低空をゆく

戦列を離れてわれは老いたれど心の炎はまだ消えていず

不用なる背広を処分する朝《あした》当時のわれが輝きて顕つ

諍《あらそ》いし夜も団欒の夜もはるかひとりの夕餉の椅子を引き寄す

友の通夜

ネクタイをきっちりしめて家を出る正直に生きたる友の通夜へ

かかわりもあらぬと空を向きて咲く木蓮一本花すべて白

黄金色の波打つ稲穂刈られゆく実れば終わる淋しさのあり

側溝の工事をしてゐる男達スコップで道教えてくれる

長らくを二階の病棟に臥せる友一匹の蚊を打つなと言えり

戦中にもったいないを刷り込まれチラシの裏にものを書く癖

桜花《さくらばな》いっきに散り敷くいさぎよさ過ぎし日戦《いくさ》に利用されたり

いっすいの夢にも似たる人の世にあと幾たびの桜吹雪か

手をつなぎゆっくり歩む老二人足の不自由愉しむように

蜘蛛の糸垂れては来ない極楽の野辺に白雲ねころびて観る

暴かねば永遠《とわ》にメルヘン棲むものを月の兎もクレーターと化す

死語になる「暑さ寒さも彼岸まで」異常気象に四季の乱るる

吉兆か湯のみの中に茶柱が携帯電話の被写体となる

梅一輪開きし庭に降り立ちて早春の香をゆるやかに吸う

父の胸像

亡き父の保育園にある胸像は通う良い子を今日も見守る
（市立和田保育園）

おさな子の読めぬ名前の多かりしこれも時代の流れというか

孫の絵を居間にかざりつ妻の言う末はピカソかバンクシーよね

わが部屋の障子五段目穴だらけ孫の海斗の眼の高さなり

笑いつつ運動会で走る児ら決して戦争に行かせてならじ

母校なる卒業式に招かれて来賓席にて校歌をうたう

戦争とは七十年経ても抑留の死者はカタカナの名だけ残りぬ

武士道と言いつつその実腹一つ切れずに戦後を生きた将達

九条の改憲急ぐニッポンに玉砕という無駄死にありき

思考さえ腹満《はら》たざればままならず経験したり飢餓の苦しみ

亡き母の国防色の婦人服戦いはたんすにひそと息づく

細筆で幽幻の光描くごと蛍飛び交い夜は更けてゆく

市会議長

女性初の市会議長のわが娘肩書背負い風切りて行く

帰庵書の「萬歳荘」の額のあり議員三代わが家のお宝

市議選の事務所の傍のこいのぼり将来頼むとエールを送る

水揚げを終えてくつろぐ漁師たち沖見つめつつ歯をみがきおり

人の世の底知れぬ闇の中殺人犯にして良き父がいる

自負したる足は確かの思い込み老いてわずかな段差にころぶ

ふりむかず前だけを見るわれなれど子に助けられ生きてゆく日々

落とし物探すがごとく見まわして蟻一匹が何処かへ消ゆ

今の世の冷たき人の多ければ犬猫飼って癒されてをり

古書店で自分の本の売られいん周囲気にしてそっと値を見る

わが影が揺れているのは風ゆえか否重心が揺れはじめている

睡蓮の花

涼しげに水面にいろどる水蓮の花沈まずに蝶を休ます

盆灯籠仏間で妻はひとりして時間をかけて組み立てている

三井寺の参道口にある杖を一本借りてわれは旅人

涼み台に腰をおろせば隣席の僧侶は白き扇子うごかす

レストランでしきりに会話まじえてる初老の男女のあやしかりけり

おだやかな小波寄する浜に来て病のなごりいたわりている

夕ざれば見下ろす街にともる灯の一つ一つにくらしのあらん

炎昼の人らの歎きなぐさめて冴えざえとあり十五夜の月

新聞や書籍に関する増税はひとつの愚民政策なりや

君が代と国旗について教えてる校舎はすでに兵舎となりしか

友の死に一瞬こころ驚けどのち静かなり老い深ければ

雨の日は写真の整理にひと日かけ昔の自分に浸るこのごろ

孫の便り

たくさんの消しゴムのあと見え隠れしている孫の便りは宝

登校の黄色い傘の長き列新入生の低き一本

下校する子らの吹きゆくリコーダー「夕焼け小焼け」の音のつたなさ

ランドセルほめれば靴もと指を差す新入生の子のかわいさよ

病院の駐車場に待つ愛車運命共同体のような顔して

後ろ手にドアをパンと閉める音にわれの本音をしのばせておく

忠相《ただすけ》が一件落着と言ったからさて散歩へと御輿をあげる

日だまりで縫い物をしていし母の背のわれ老いて知る心のうちを

ニコライの鐘

誰がために鐘は鳴りけん敗戦の焼け野に響きしニコライの鐘

戦争と安保と冠する法案は軍事法案と英訳さるる

原爆の投下は非道と詠う歌英訳されて削除と決まる

八月は鎮魂の月とわれは決め蝉しぐれの中ひそかに合わす掌

わが町の十年後《のち》を論じいて消滅と知り全員黙す

いつまでもお若いですねの声かけに笑みて会釈する歯科医の夫人

われ生まれし昭和十年繙けばこの年白秋が「多摩」を創刊

今までにおくやみ幾百言いしわれそろそろ向こうの側に行く身か

室生寺の山門に仰ぐ仁王像憤怒とけなばいかなる貌《かお》か

出身地浮かびくる名の見事さよ琴欧洲と大砂嵐
（ブルガリアとエジプト）

命日はすこし贅沢な花をいけ好物供えて父母と語りぬ

季巡り母が好みし白桃を今年も供う大玉選びて

咲き残る向日葵一本凛として我に諭すか枯れ急ぐなと

独り用の惣菜がよく売れるらしなにか寂しい日本の秋

約束は成るものいやいや成らぬもの小指の遠い哀しみを知る

ブランコに孫と並んで乗っているきしむ音にはふと覚えあり

何よりの睡眠剤なり病む子より良性だったの電話の声は

かの夏に核に対する考えを異にし別れそれより会わず

引き出しに眠りし父の虫めがね十年過ぎてわれになじみぬ

鍬形の虫持つ孫のさま観るもわが生涯の一刻《ひととき》にして

毎日を老いてゆくとも孫達が大きく育つ大事な一日《ひとひ》

医師の言葉

御高齢ですから治りも遅いです医師の言葉に老人となる

病人はどちらか判らぬ老夫婦病院内で手に手を取りて

気掛かりがやっと解けしが安らがず不安ひとつをまた拾いゐる

巡り来る夏から秋の早くして書店に並ぶ暦や手帖

県人会に古里思う著名人漏れくる会話は岡山訛

耳と目をそれぞれいたわる二人連れ「よばれてますよ」「段差があるよ」

公園のベンチ

公園のベンチに憩う老い人を見て来しわれがいまは座れり

ゆっくりと月に照らされ行く雲にしみじみ覚ゆこの秋の冷え

市バスより悠々降りて人込みに紛れ行きたる父に似し人

派遣でもできる仕事と屈託もなく言い放つ肥満の社長

暴漢にいきなり刺殺されたるをいまも怖るる党首の末裔

「叡美《えいみ》」「杏奈《あんな》」「莉奈《りな》」「美奈《みーな》」「海斗《かいと》」など孫の名よぶも老いのたのしみ

亡き人を憶えば何故かどの人も微笑む顔がまず浮かびくる

流れ星音なき夜空の演出の大劇場にはらからの顯つ

終の地と定めて玉野に戻り来て子ら育みし思い出あまた
（長女一葉《かずは》、二女五江《いつえ》、三女美都《みと》）

沖縄の記事読む度に胸痛む戦争で得るもの何一つない

戦時下の少年時代を会うたびに語りし友がまたひとり逝く

原爆を造りて落とせし非道とは過ぎし歴史のことにはあらず

これと同じ痛みなりしか腰押さえ寒き夜更けは母を思える

手花火

人の世の儚なきことをまだ知らぬ孫と並んで手花火をする

卒業の孫は六年の成長をしっかり見せて証書受けたり

スーパーへ日毎散歩に行くわれをスーパーマンだと孫は揶揄する

西北の早稲田に集う健児らは春は武蔵野秋玉川へ

わらべ期を育ててくれにし渋川の両手をひろげ磯の香あびる

弔問の人々に愛想よき幼母《おさな》の死亡をいつ受け止めん

百人一首

歌留多とり母の部屋にみな集い取った取られたのおもいで消えず

百人の百の思いに触れにつつ読みいる小倉百人一首

遠き日に兄弟姉妹七人で競い合いたり百人一首

定家好みに撰ばれていん百首にて雪月花のうた特に恋歌

口語調多きこのごろ好ましき口ざわりなら「百人一首」

かるた取り三対七の勝負にも十二の孫の一歩も引かず

肩組みて校歌うたいしあの友が癌にて逝くと喪中ハガキに

喫茶店

青春の思い出の喫茶いまはなく時の流れの速さここにも

病名のあっけらかんと告げらるも医学の進歩と肯《うなず》いている

この夏も郭公の声きこえこず昔がたりになりてゆくらし

思い出の心をよぎる秋の夜はすべてを閉じて虫の音を聞く

花嫁のしたたるばかりの幸せをドレスに包みて新郎に添う

花嫁の光る涙を母親がそっとやさしく拭う一瞬

もしもしと聞こゆる声は幼くて詐欺と言うには思い難かり

貴重品の在り処しばしば問いただしわれの認知度確かめる妻

病身の妻は心が寒いのか詮なきわれに何くれ頼る

いつしかに不在となりし隣家《となりや》の灯火はついに点ることとなく

言いにくき事もさらりと口にせり重ねし歳を隠れ蓑とし

無防備に投げ出している一歳の小さき足裏が地を蹴るはいつ

わが雅印この先幾度使うやら思えばことさら丁寧に押す

喜びも悲しみもとざし「ふるさと」の曲は遥かな日日に戻しぬ

償いは誰もなしえず慰安婦でありたる過去を誰もぬぐえず

君の名

わが姓の下に君の名たわむれに書きて恋せし遠き日のあり

手にずしりもはやたやすく持てずなり辞典のたぐいは置物となる

コスモスにひらひら蝶の舞いおりて何をささやく共にゆれてる

地獄谷の湯に入る猿の至福顔マイナンバーをもつこともなし

散る花のうえにまた散る山茶花のいまだ暮れざる夕ぐれの時

かわききるさび色の葉のふきだまり幼の踏みて秋を奏《かな》でる

病室で涙こぼせしは二年前遺影の友は満面の笑み

彼岸へと行きたる面影一人づつ眠れぬ夜に逢いたきものを

いつ知らず親しき友の幾人か逝きてうつろな日日の増えゆく

紺のスリッパ

右ひだり替えれば足裏が拒みくるわれになじみし紺のスリッパ

一〇回の選挙を重ね支持者との交流八十路の今もつづきぬ

われはいま老いの細道歩みゆく会う人大方見知らぬ人に

若きゆえ母になげたるいくつかの言葉悔いつつ子の刺《とげ》をきく

今あらば孝行重ね笑顔見ん思い叶わぬ悔いの数かず

忘れたき昔もあれどなお古き歴史尋ねは何か楽しき

偏見と差別を恐れ今もなを偽名を使う癩療養所

日本人世界一のネット好きその八割を占めているらし

思い出すことが供養と聞きしより偲ぶよすがの家族の写真

退職の警察署長と道で会う眼元ゆるみて市民の一人

吉良邸の跡

住所表示変わりて今は両国と本所松阪吉良邸の跡

あまたなる活断層のある国の原発再稼働いいのか日本

領有の争いよそに機の下の国後海《くなしり》に静かに浮かぶ

おぼろ月残る朝の山の道二羽の鴉のもつれつつ飛ぶ

庭石に花梨の果実をひとつ置き鄙《ひな》の苫屋のもてなしとせん

わが部屋にわれ独り観るテレビ据え我執いよよい募らせてゆく

二度となき人生なれども凡凡とありてわれには身の丈《たけ》なりき

花と散れ花と散れとど哭かしめし昭和は杳く花便りきく

慰霊碑に彫られし犠牲者薩軍より官軍名の多さに驚く

ほの暗き木陰の像は歌にある馬上ゆたかな美少年かと

妻と共に芭蕉訪ねし古寺の「命二つ」の句碑により行く

寝入ばな浮かぶ一首は目が覚めて何処《どこか》へ消える名歌のはずが

妻が抱く写真は三歳の隆太君今や県知事われら老いたり

またひとつ酒屋に続き薬屋が消えて馴染みの店がなくなる

菜の花忌

大方は昭和の生まれ「菜の花忌」漠たる不安会場に満つ

春雨の雫を畳み「菜の花忌」千八百の一人《いちにん》となる

冷え冷えとされど春雨「菜の花忌」人波続く日比谷への道

司馬さんにおみやげですと頂きし色紙が今やかたみとなりぬ

ほろ酔いて軍国少年に還るわれしわがれ声で「勝利の日まで」

幾人か心のそこに忘れ得ぬ人を住まわせ老いを重ねる

牛を飼う人

慈しみ育てると言う牛を飼う人の言葉は悲しかりけり

すきやきの野菜を上手に除けている孫の偏食なる箸使い

スーパーの和菓子売り場でよく会いし人見ずなりて一年がすぐ

帰り来てもてなしされし六段の心に映えて調べ残れり

子の言い分一理はあれど譲られぬ老い深まれどわれは父なり

苦労なきと思いし友の憂きことをひとつ聞かされ距離が縮まる

孫と行く家族旅行も最後かとメリーゴーランドに並んで乗りぬ

野坂氏が「アメリカひじき」を読めという今は昔の酒席の話

出征ゆえあきらめたと言う恋もあり昭和初期の日本の男子《おのこ》

判読の出来ないまでにいたみたる従軍日記に涙の跡が

菜の花の二本が食卓にあるのみに厨いつぱい春が漂う

佐渡の地へ流刑の帝《みかど》が名付けたる都忘れのゆかしく咲きぬ

看板は「明るい未来のエネルギー」廃虚の町の入口に建つ

「安全ではないとは言えない」こんな判決で高浜原発再稼働する

我が庭の辛夷の花も過ぎんとし無職となれる身に春深し

富士山

車窓から今富士山が見えてると話せば声の改まる妻

人の世の争い事などそんなことどうでもいいと言うような富士

比叡山の暮れゆく宿坊に一人いてかなかな一声その一度きり

眼科でも耳鼻科に行きても会う人に歯科でも会いて会釈交わしぬ

ラジオより夜空へ流るる愛の歌君を想うわがリクエスト

ラーメンと仮名三文字のそっけない暖簾の店がわれの昼飯

N響の第九を聴けばこの年もまた逝くのかと思う年の瀬

幾たびも聴きし第九ぞひととせを生きしあかしのごとく今年も

穏やかな新年なれば由加山へ長き車列の一台となる

江戸三百年

七十年経ちて非戦揺らぎたりいくさ無き世の江戸三百年

上下よりせまり行き交うロープウェイ縁なき人と瞬時手を振る

宿坊の磨かれし廊下冷たかり世俗なる身を足裏より刺す

朝の湯のわが目の前に水輪すらたつることなく消ゆる雪たち

高野山に一軒だけだが路地の奥スナックと言う灯りを点す

今日ひと日心の軌跡引くようにテールランプの赤流れゆく

握手でも指切りでもなくではまたと手をふる軽い約束がいい

庭に立つ備前焼のたぬき腹見れば見るほど親しみのわく

人はみな心に闇をかかえるか幸せそうなタレントが自死

水色の忘れな草にそっと言う忘れたきことといくつもあると

戦災の孤児にありしを乞食よといじめられしも翁は語る

基地のあるゆえの功罪今もなお耐え来し媼の言葉重かり

テロに地震サギに殺人虐待と心休まらぬテレビのニュース

「七夕」の歌を習つて来し孫と車内でいつしょに「笹の葉さらさら」

あふれ出るサプリメントのコマーシャル人は生くるより生かされている

光陰の流れのなかに身をまかせわが歩幅にてわが道をゆく

昨日まで近隣住まいの友一人今日はホームへ入所が決まる

短歌とは

短歌とは哀しきものなり字になりて残りてもう一度泣かねばならぬ

断捨離も未練が少し邪魔をしていまだ進まぬわれの終活

ゆっくりと月に照らされ行く雲にしみじみ覚ゆこの秋の冷え

岩礁の上に留まるは何鳥かしぶきを浴びて飛ばんともせず

姥捨山の媼のあわれ帰り路を子が迷わぬよう木枝折りしと

傘寿なる命いただき我をかこむ自然も人もみなあたたかき

父あらば母あらばなと人はみな叶わぬことをときに思えり

わが病は母より継ぎしと真夜《まよ》覚めて思うとき母はひた懐かしき

小夜更けて目覚めし窓辺は星月夜星の多さよ星の近さよ

蛇の目傘

蛇の目にて迎えくれにし雨の日の母おもうときわれはおさな子
（源実朝を偲ぶ歌会地位賞）

「面《めん》あり」の審判の声に敗れたる孫の涙は明日の力に

よし誰れも見ていないぞと足を止め手足伸ばしてまた歩き出す

被爆者の涙抱きしむオバマ氏の手に人としてのやさしさのみゆ

きのこ雲作りし国の指導者に広島ドームいかに映らん

ひたすらに生きたる戦後はるかなり語らい合いし友も亡くなり

お陽《ひぃ》さんお月さんとて親しげに呼んでもらえぬ浮き雲が行く

自立して生きる証しと思えども孤独死と言う呼ばれ方する

兎も角も恵方巻だと買い求め運の無き身の運を頼めり

坊ちゃんの街で賑わう松山市漱石滞在一年という

大津絵

俺様が先頭だよとうそぶきて虎の威を借る「槍持ち奴」

心をば洗わぬ人の多き世を嘆きて夏空仰ぐ赤鬼

高下駄の歯音からころ響かせて「傘をさす女」雨も降らぬに

小菱の紋染め抜いた布暖簾はんなり茶に入る芸妓は凛と

破れ傘背負いて行脚の「寒念仏」歯をむき出して世を睨みいる

ヘッセの詩集

泣きにゆく処もあらずつれづれにヘッセの詩集ゆっくりめくる

権力と金にまみれし政治家の著書は買わない胡散臭くて

人間を八十年もしておれば妻子も知らない修羅もあるなり

自転車の姉追いかける弟も大きな夕陽にのまれて赤い

世に在らぬ人らの居並ぶ写真見るしばし偲びてページを移す

風呂に浮くつかず離れぬ柚子ふたつ師走の肩をゆっくり沈むる

もう少し女らしくしたらどうこんな言葉は死語となりしか

突然の驟雨に襲れ泰然と歩く男の股下長し

父の忌

父の忌に九十五歳の母が先ずお墓の前に長く額づく

悲しみも二十五年の歳月が流し今日は父の命日

初盆の送り火法会に集う人みなひとりづつ亡き人連れて

八月の祈りの鐘の響くなか何故か聞こえる軍靴の音

向かい合う若きカップル黙々と己がスマホの操作つづける

開国の大事を背負いし直弼の若き日を見る埋木舎《うもれぎのや》に

吊革にその日の疲れ預けてる若者に見る遠き日のわれ

ポジションは誰れが決めたか鳥の群れ一羽のごとく茜空ゆく

招魂の鐘の音響くお巣鷹に面影求む老いし夫婦の

「われ」のみをよるべとなして歌を詠む老いの自在は秋空も抱く

白鷺の一羽がゆつくり田をめぐる稲の実りを確かむるごと

死期を知る獣の作法か老い猫の三毛はいつしか姿を消しぬ

ぼんやりと夏の夕焼け見ているると遠くで母の呼ぶ声がする

八十路来て厚意頂くことの増ゆ「無財の七施」われも出来そう

このからだ期間限定のレンタル品どう用いたか死して問われん

唱歌を唄う

小波の寄する浜辺に一人来て唱歌を唄う子ども心に

渋川の浜に波寄す里山に山鳩の鳴き秋ひとつ落つ

庭草の茂りもひとつの気配りと思えば安し虫よ鳴け鳴け

今も尚耳に残れる靴の音学徒らは征き還ることなし

今宵の月すすきの原に照りわたる根方にひそむ細き虫の音

ことさらに言うにあらねど鯉に餌をやる時人は笑顔になれる

客を待つ店での商売古いよとネット販売勝組の声

ばあちゃんはまるで孫の奴隷だねそこが一番うれしいとこさ

買い物をするご婦人の数多《あまた》いてみんな誰れかの愛しい女

読み人のプライバシーも垣間見え近況知れたる歌会の席

それぞれに立派な選評たまわりぬわれはうなずく容るる気はなく

母の命日

家族らに気がねをしつつ病み臥せし母の哀しみ憶う命日

先生の言うこと聞いていた子らを八十四人も津波がさらう

やすやすと「おじいちゃん」と呼ぶ勿れ熱き血潮がまだ通ってる

同胞を土人・シナ人と呼ぶ機動隊昔の憲兵ふと思い出す

黒板を見る時にだけかけていた最初の眼鏡は中一の春

少し風吹けばきっちりくしゃみするそんな齢かと思わせる風

折節に心に浮かぶ逝きし人若きも強きも死期はあるなり

はつ秋の風立つ朝にうつそみの人なるわれの命いとしむ

きらきらと燃えて花火の散りゆきぬ過去となりたる思慕のごとくに

夕映えにかがやく病院それぞれの窓の奥には病む人がいる

父と話しが

彼岸まで繋がる電話があるのならもう一度父と話がしたい

その瞬間を昔に戻れる写真見て朝のひとときどっぷりつかる

晩学に始めし短歌も十余年過ぎゆく日びを詠みて残さん

山車《だんじり》の笛や太鼓のひびくなか神社の鳥居に満月かかる

われひとり病み臥す二階に昼近し時に途切れるひとつ虫が音

往年の早朝野球のピッチャーが杖に頼りて街へ出で行く

金魚の憂い

金魚には金魚の憂いがあるらしく泡一つ吐き向きを変えゆく

鉛筆を舐め舐め手紙を書く母のかたへにありし古きこの辞書

肩までを湯船に浸り目を閉じぬ居間で電話が留守を告げおり

この人もわたしもいつかは無になると思う瞬間に怒り消えゆく

ドラマなら二時間あれば諸々の難問すっきり解決するも

往き帰り同じ木陰の立ち話人はかわれど老化の話

皆が皆わが事のように身構える高齢者の集いに広まる訃報

町内の精霊流しに妻と来し面識の無き死者を見送る

飲むほどに同期の桜を唄う人戦争はさくらの咎にはあらねど

高層のホテルの窓よりみる夜景地球のほんの一部なる都市

時来れば予期せぬに道を歩むなり父と娘の絆と言うは

霜枯れてゆく後ろ姿の山頭火遠く去り行く掛軸の中

唄う声父に似ている酔客にアンコールする理由は告げず

参観日手を挙げチラリとわれを見て答えてもう一度われを見る孫

食べ放題

食べ放題このフレーズは嫌なり世界に飢えたる人が一ぱい

鈴虫の声を限りに鳴く宵やわれも告げたきこと胸にもつ

細やかに路傍の草花見ることもいつしか忘れて病ひとつふゆ

風雪におぼろになりし目鼻だち石仏はみな幼く見ゆる

少しずつ車窓の流れ速まりて子らの住む町遠くなりゆく

不意打ちにくる涙あり孫からの長生きしてねのメール読むとき

売店を開く娘の商いの薄きを思いつ駅裏に飲む

帰るなき道を歩みて黄昏るる喜怒哀楽は夢となりゆき

老夫婦いかにいますや「洋服のお直し」看板消えて一年

金婚記念日

共共に携えゆかなこれからも今日は二人の金婚記念日

恙無く金婚の日を迎えしを僥倖となし妻と言祝ぐ

歩を合わせ休まず進みし五十年妻とのたずきは回転木馬

正月の楽しみあまた消えゆけり歌留多双六羽根突き独楽も

思い出を語れば雪の降り積もり逢えない人を美しくする

ひしひしと体の芯まで冷えてくる今日は大寒ひとり頷く

茶飯事となりたるいじめ暴力の闇は深まるスマホの時代

夜のうちに降り積もりたる雪の上動くものなき静けさを聴く

誰れに言うことにもあらずわが父の命日の来て初雪が降る

老いの贅

土曜日は買い物に出て茶房にて妻と過ごすを老いの贅とす

一日を終えていつもの床に入るこの日常のなんと尊き

幼名にわれ呼びくれし母出でよ夢に出でよと待ちて眠らん

外界と遮断されたる思いなり暖簾くぐれば質屋の土間は
（学生時代）

山桜散る静かさに満たされてわれの心はなにも願わず

桜貝と紛う桜の花びらが散りたる路上に潮騒の音

死ぬという哀しい未来を成し遂げて歌人達は秀歌残しぬ

超音波なにか異常を見つけしや医師はにわかに無口となれる

とんがった心の底に「眠ろう」と呪文のように繰り返したり

欲しい物ないかと問えば「家族」とう老人ホームの姉がポツリと

バイクの音

佳き知らせ不幸な知らせもあるだろう郵便配るバイクの音す

アメリカがファースト都民がファーストと自己ファーストの政治家の言う

今の世に毒殺ニュースの流れくる信じかねいる他国の政情

猜疑心ただ高まりて独裁者実兄殺す国もありけり

別れたる駅より立ち去るのがつらく心ゆくまでベンチに居たり

友葬り帰りくる道たそがれて同じ道とは思えぬ遠さ

西空に吸い込まれゆく小鳥らの今宵の夢路のぞきてみたし

振り袖の孫と収まるこの写真二十年の思い出添えて

帰宅した孫のズボンのイノコヅチ今日の道草ルートを語る

店内でゴム風船が破裂して首をすくめるテロかと思い

現人神を奉じしゆえの失敗も過去となりゆく改憲論議

ヒットラーの特命によりユダヤ人神隠しのごと一夜にて消ゆ

原爆の資料館を見てまわる永井隆を知る人の声

席ゲットすれば電車はわれのもの第二の書斎と本を開きぬ

靖国に在るとは思えず英霊は望まぬいくさの無念の死なれば

たんたんと転移再発告ぐる文「見舞い不要」に慟哭を聴く

度たびに電話かけるも憚られ我慢があだに友逝きており

孫の通学

十歳を助手席に乗せ小児科へ祖父たるわれは落ち着き装う

孫達とあと何回を写るならん背なをのばしていまし撮られつ

少年が青年となるプロセスを身近に見せて孫通学す

ハーモニカの音色は愁いふくみつつうす紅《くれない》の花影に消ゆ

目印に家の跡地に花育て還らぬ娘を待つという母

七年目の津波の海に投げられし一人の母の小さき花束

いくつもの明日を選べる幸せを想いつつ いて安き眠りに

隣人にも訃報届かぬ家族葬知らぬ間に消ゆ命のひとつ

老耄とみなされがちな年となり反骨精神妙にくすぶる

庶民とは

庶民とはいつも追はるるものにして戦乱に追はれ放射能に追わる

だれもかれも「私のせいではない」という顔をして説く原発事故を

染まらぬという生き方の出来かねてくっきり白き雲を見ており

金婚の記念に備前のひな人形買いてふたりの縁《よすが》の印《しるし》に

夢でよい子の名を呼びに戻られよあなたは今もわれらの母だ

晩夏なる庭木の下で死んでいる蝉一匹に思いめぐらす

いま少し世に在らんとし退院後町でパジャマを二枚買いたり

秋が来て凌ぎ易さを喜べど深まる老いを生きねばならず

天長節「今日の佳き日は大君の—」斉唱をせし昭和は遠し

くぐもれる野鳩の声の切なさを鳴き真似すれば鳴き止みにけり

花冷えに花摘む少女と若き母永き人生の佳きひと日なれ

点滴のポール

点滴のポールを杖に歩み行く長き病廊を遍路のように

言い訳は心に負い目がある故か必要以上に説明を足す

三匹の眠る仔犬のケージには命の値段貼られておりぬ

寅次郎男はつらいよ下町の人の情けの在りし日遠し

七草の名前すらすら言えずともいただく粥は咽を潤す

出産を祝うがごとく北朝鮮はミサイル発射の成功を言う

厚化粧している親が連れている子の顔を見れば素顔が見ゆる

帰宅するもどこへ何しにと妻問わずわれも言わずはいつの頃より

唐突に介護施設に入りし友ひとり暮らしが苦になりたるや

年一度家族揃って温泉に余る幸せ至福に浸る

さよならもありがとうも見えました遠ざかりゆく娘の口元

時計見つつ帰りしわが娘を追っており今は名古屋か静岡あたり

捨てされば楽になろうにこの思い卵抱くごと抱えこみたる

ドボルザークの家路

疲れ果て仕事を残して帰る時ドボルザークの「家路」聞こえる

孝行のまねごとさえもできぬまま見送りし母思う母の日

幾度も抱きしめくれし母親を背負うすらなく葬儀終えたり

母詠みし短歌はわずか二十五首父亡き後の寂しさを詠む

ただ青き海を見るため浜辺まで来て帰路につくわれの歩みは

この海にわが思い出の顕ちくれど今日も海はただ満ちて引く

とりとめのなきまま終日過ごしたりこよなききものなり老いたる今は

羽布団にくるまり眠る冬の夜父母知らざりしこの暖かさ

川の面に静止している稚魚の群れ急に向き変え何処かへ消ゆ

表具屋幸吉

空を飛ぶ夢見し表具屋幸吉の故郷玉野をジェット機がゆく

星々の光りて涼しきこの夜のしずけさを逝く人のあるらん

ひゅるひゅると上がる花火にぞっとする身にしみ付きし空襲の音

胎児とはこんなものかと考える湯船に浸かりて欠伸するとき

老人の思いつづらるる七夕の笹飾り見つつ長寿もいろいろ

おにぎりを飯みつつコンビニ出る二人若者たちの自由はどこまで

病院は高齢社会の縮図なり親に付き添う子も高齢者

老いたれどなお世帯主また来いと送り出したり燕の親子

禅寺の庭

こちら向く沙羅の一花に話し掛くわれひとりなり禅寺の庭

北京語の李香蘭のうたをきく「夜来香」の香《しゃん》に聞き惚る

わが妻の手足の痛む日多くなり予定のたたぬ日常と化す

啄木の歌好きならば悪人は居ないと思いしが君が好きとは

好々爺の評価はいらず耳痛き苦言をかまわず放つ生き方

戦陣に散り飢え病に倒れたる三百五十万黙祷一分

アメリカが日本のために血を流すあり得ぬ夢に国を託すか

車椅子にその妻乗せて押す人に老老介護の現実を見る

雨音に浸りて過ごす昼下がり他に音なき静かさにいる

不正をば糺す力のすでに無く深夜爪切る無念をも切る

憎しみを手放すことの難しさ大河ドラマを見つつ悟れり

ぜいたくな夫と妻の時間などあつたかどうか湯船に思う

法犯し週刊雑誌に出し議員末路もおよそ類型化する

覇者の言葉

極めたる技のことよりこれからの課題を語りぬ覇者の多くは

ミサイルと大騒ぎする官邸の発する指示が地面に伏せて

孫や子の帰りし後ののどかさに気落ちしそうな晩夏の日暮れ

払えども八十路の腕に秋の蚊は命継がなと来て針をさす

職員の心づくしの鈴虫は羽ふるわせて老い人癒やす

砂漠化のすすむサバンナ幼子を連れて彷徨う象のひと群れ

初夏の陽が降りそそぐ公園に子は鳩を追い母は子を追う

子どもらの一斉下校の列乱る明日よりたのしい夏休みなり

泥まみれ黴菌まみれに育ちたる餓鬼大将は絶滅危惧種に

玄関に脱ぎたるままの靴を履き翌朝孫は学校へ行く

子ども見て教育委員会を気にしない教員は校長に大方なれず

よくしやべる友来て帰り老ふたり台風一過の疲れを感ず

じつと見る結婚前のまなざしで老いたる妻を老いたるわれが

母上のだんご

十五夜の満月母上手づくりのお月見だんご今はまぼろし

お互いの思惑知りつつ知らん顔心理戦めく言葉の応酬

名誉でも金でも負けたる友人に唯一命の長さで勝利

終局の勝ちを読み切り指す一手羽生七冠の指美しき

願ってた宿の内湯に身を委ね妻は「最高」と目を閉じて言う

いとおしむ命といでゆに浸りいる白浜の夜風にまじる潮騒

いつまでもわれを見送る姉の手の影絵のごとく揺れる夕暮れ

時くればかがやくものを忘れいし二十歳の孫が晴着きて来る

亡き父は社会福祉に励みたりその積善か病知らず逝く

時雨止み西空の虹に声あげる妻に呼ばれて色とけるまで

杖族

運動を兼ねて散歩の一時間片手に余る杖族に会う

歌友《うたとも》の喪中はがきが届きたり星もないのに見上げる夜空

散歩路に視線を感じ見廻せば党首が微笑むポスター一枚

紙のような呑み込みにくい感情を胸に閉じ込め猫背で歩く

両親の離婚が理由か壊れやすきガラスのようなハート持つ孫

里山の緑失せたる山肌の生き苦しさ見ゆソーラーパネル

凄まじき噴火草津の白根山父と憩いし湯宿は無事か

朝の湯のわれの髪に肩の上に親しきものの如くふる雪

雪の朝「ゆきやこんこん」と口ずさむ遠い記憶の小学唱歌

二人の正月

年始客なくて屠蘇酒を注ぎあいぬ妻と二人の正月が良し

残すのはもつたいないなと食べたれば身の置きどころなしと身が言う

呼び捨てにさるる歌人にならんとて見はてぬ夢を見ては歌詠む

凍てし夜にひと際冴えるオリオンよ八十路を生きて想い深まる

愛されるべき親からの虐待は児の魂を根こそぎ奪う

終日を本の匂いに埋もれいし学生時代に戻る図書館

箸先に湯葉遊ばせて老いしわれ残り少なき月日を思う

焼夷弾のがれ継がれし古民家のひいな享保の色香まといて

若き日にその名きこえし人達の訃報に時代の変遷を知る

行く末の看取りを恃みしわが妻は食後に三種のサプリ呑んでる

海外の旅

西へ飛ぶジェットの航跡見つついるもう無いだろう海外の旅

漱石も褒めし名作「野菊の墓」百二十年経し今も読まるる

孤児の世話に始まる人生貫きし石井十次の一生《ひとよ》の美しき

目鼻かけ悲しからんに道祖神口もと無心にほころびている

み仏と春を惜しみぬ蓮台寺お堂の外は花吹雪舞う

本年で年賀の挨拶やめるとのハガキ届きてひとごとならず

「トロイカ」は別離の歌と知りてよりバイオリンの音痛く身にしむ

繊細で傷付きやすき妻を責め後悔重ねる日を繰り返す

エスカレーターをかけおりて来る青年よそんなに急がずも定年は来る

迷いつつ道選びゆく孫の話ひたすら聞きて見守るばかり

病院の待合室にて歌作る名を呼ばれれば病人となる

街中で友に会えども健やかにいる者のなしわれも一人

さまざまな桜

秀吉は「醍醐の花見」安倍さんは「桜を見る会」権力者たち

咲きはじむと誘われともにみし桜きみはもういぬことしの桜

満開の桜の丘にひとり佇つ来し方語る人無きままに

散り落つるさくらの花の中に立つ時の流れを身に浴びて立つ

この年にならねばと思わず言いそうな口をとざして曖昧に笑む

欧州でわが首相をしてハチ公と陰で呼ぶらし主人はトランプ

傍観の安らぎに居るわれなれどテレビのデモにひたすら見入る

ひとつずつ夢つぶされてゆくごとく願い届かず月日過ぎゆく

定番の春こそ良けれきこえくる弥生の朝のうぐいすの声

愛らしき「花小町」の名知られざり人はたやすくボケと呼びおり

父よりの遺言ですと伝へくれし電話の声は今は亡き人

妻の買物

妻が買いしレシートに見ゆる品物は孫の好物ずらりと並ぶ

ドラマかと思いてテレビ見ておれば薬のコマーシャルと終わりて気づく

育ちかな質素な暮らしをしてる人立ち居振るまいに品位そなわる

好物の赤福くえば瞬間をわが咽喉仏うれしそに鳴る

永らえば「そうだったのか」と数式の解けゆくごとき昔日のあり

また来れる日を言い帰る子の背中見えなくなるまで窓に見送る

今日もまた昨日と変わらぬ一日が始まり妻と老い庇い合う

改むる筈なきわれの頑なさ許してか妻はこの頃優し

逢うことのままならぬ友との長電話いつしか話はむかしへかえる

英国に「孤独担当大臣」がさすが福祉の先駆けの国

雛の日

満月のやさしき光おみな子へ遍く届け明日は雛の日

雲水はよき別名とあこがれて出家を思いし若き日のあり

寺前の仏具屋さんが店じまいみ仏の世も不景気ならん

日暮れきて山門を吹く風音も冷えを覚ゆる由伽蓮台寺

若きゆえ邪教を信じて罪犯しし死刑囚にも親の居ませり

よぼよぼのこんな爺でも頼られて孫の笑顔は生きる楽しみ

人間はこんなにも無慈悲か「ゆるして」と書きて死したる結愛《ゆあ》ちゃん五歳

山中に三夜を耐えし二歳児の奇蹟の生還列島明かるむ

エイコーラ「ヴォルガの舟歌」聞こえ来る蝉の骸引く蟻の集団

次々に経年疲労で故障するわれと同じき電化製品

七夕さま逢いたき人の大方は天に召されぬわれを残して

うち上がる花火の音に誘われて黙す近隣の老いら出で来ぬ

戦時下は木片燃やし走りゆくバスは坂道時速一〇キロ

バス停の僅かな日陰に身を寄せて人らの言えり「今日は立秋」

人の枠国の枠をも越えし人中村哲氏アフガンに果つ

ヴィオロンの弦の奏でる哀しみの胸に沁みいるチゴイネルワイゼン

剪定のおわりし庭に陽射し強く陶の狸が口をとがらす

瀬戸の漁火

夕凪に映えて茜のいつか消え入江に点る漁火ひとつ

カルタとり孫と競いて負けてをりそれでもすこし心楽しき

長生きは幸せなると言わるれど苦しみ悲しみ恥も多かり

とびきたる黄砂の汚れ洗いおりフロント流るる中国の砂

長生きはしたくないとの声も聞く待合室に診察を待つ

国のため死ぬは誉れと言う教え正しかりしや覚めて思えば

父ならばいかに生くるか迷いつつ苦境のいくつ越えて来にけり

ため息をつけばため息かえりくる冬の夜長の夫婦の会話

物売りの声

「サオダケー」のやや間延びした売り声が人恋しさをつのらせる午後

思い出は不死身のゆえに時として泪の壺を溢れさせ哭く

痛む身の深き日に詠む我が歌に秀作多しを喜べずなり

真夜覚めて不思議の音に家内を見巡りてのち耳鳴りと知る

文具店のお試し書きに書かれたる「もう一度会いたい」さみしげな文字

容易く終戦などと言うなかれ幾百万の死者の敗戦

午前一時むかいの窓に明かりあり眠られぬ夜に安心もらう

朝まだき寝てもいられぬ老人はおぼろな命を曳きて集まる

親のいじめを助けらるるは教師なり生命を掛けるプロは何処に

成長にともない孫の声聞かぬスマホ片手に笑顔をかえす

近頃のケイタイ電話前置に録音しますとサスペンスめく

日傘さえ一本差しでゆく二人身を寄せあえば言葉は要らず

しなやかに風の吹くまま揺れている柳のようにはなかなかなれず

妻がいて良し

叱らるる日の年毎に増したれど世話焼きくるる妻がいて良し

遠き日に母にねだりし思い出の卵焼きをば妻に所望す

よろこびも怒り悲しみも晩年の言葉はいつもありがとうなり

せつなくてほのかに甘き執着を「恋いわたる」とぞ古人は言えり

ひたすらに死へと熟れゆくわが命二度と歩めぬこの人の世に

早起きの体操終えし老い人は今日の予定も無くてまた寝る

人抱くに程良き長さの両の腕わが身抱くには少し足りない

優秀と総理絶賛の検事長賭けマージャンで一件落着

キムラヤのアンパンおいしいと喜びし母を憶いて時折かじる

ひとの手になりたるものを夕餉とすお弁当とはきこえよけれど

こし方に誇れるものなく永らうるひとり語りの三十一《みそひと》文字

ご近所が「お気をつけて」と声くるる幼なの如き歩みのわれに

ひとつずつ消してゆくのが楽しくて小さき予定も残さずに書く

無念を思う

入管の長期収容横行し後絶たぬ死の無念を思う

この頃の芸人の名がわからない良き名でありき「いとし・こいし」は

いつしらに無口となりし内孫の思春期の愁い秘むる横顔

庭に鳴く鶯の声にいやさるる老老介護に立ち向かう日々

兄弟の如き友逝き出棺にうたう「ふるさと」途切れがちなる

たまわりし忠言苦言も糠に釘老いの身今更なんで慎む

校長は「いじめでした」とその死因八年目にしてやっと認める

みどりごは扉をめざして這いゆきぬそこより未来が始まるごとく

くっくっくと含み笑いをしたるのち鳰は頭で漕ぎつつ進む

姉弟亡くせし平成いとおしむ令和の世となり沸きたつ中を

やる意欲起こらぬ時はあるがままわが身受け止め休憩すべし

しんみりと夕陽見ている妻の顔よろこび哀しみふたつが見えた

礼金は受け取らないを貫きぬ曲げれば老後が楽であったに

詐欺の標的

嘆かわしき世となりにけん終活に備う財すら詐欺の標的

苦に耐えて人は逝くものこの事実誰も黙して明日のこと言う

金を捨て男を捨てて夢を捨てこの頃多く骨を拾いぬ

若者が手に手を取りて歩みゆく倖せは四本の足を軽くす

重き音たてて椿が地に落ちぬわれは如何なる音をたてるや

一首得る豊穣よりも詠えざる心の内に宿る詩ありて

おろかなる戦争だけはならぬ事平和の和として令和に祈る

敗戦に手の平返す将校ら戦後もしぶとくその地位を得る

自らの権利に疎い国民は他国の民の権利に疎し

カステラの裏紙

みっしりとザラメがついたカステラの裏紙はがすその瞬間が好き

鳴き声をもたざるものの密けさよ尺取虫を見失いたり

エアコンの壊れし病室猛暑日に老いの五人が天に召されぬ

母の歩に寄り添う旅を無事に終え広き歩幅で歩くかなしさ

夕まぐれ母の読経の流れくるさ庭の萩の根方にて聞く

あたたかき他人《ひと》様の声胸に受け老いを生きおり席ゆずられて

新緑に染まりて歩む「今」さえもわれを置き去り過去となりゆく

この世より去らねばならぬ必定をさらりと伝う散る花びらの

病室の窓より見ゆる白鷺はおのれの自由を知らず佇む

人嫌いというにはあらねど約束も予定もなき日は心安らぐ

分別を好める国ぞこまごまと弱者も老いも芥も仕分け

核の傘に守られて来し日本は被曝国でも声あげられず

芸人の政治批評はテレビより失せて管理社会の迫る

駅前の道に電飾灯るころ寡黙な人ら家路を急ぐ

老いの会話

「言いました」「聞いてません」のやり取りが老いて日常会話となれり

息たえし弟背おいて直立の少年の眼を今も忘れず

被爆死の姉を自ら荼毘にふしし河原の語り部卒寿を過ぎぬ

蜘蛛の巣にかかりてもがく虫のよう昨日の言葉に因われており

群を抜け独り餌を食むしらさぎの孤愁ただよう影を見ており

失敗を重ねてつむぐわが一生《ひとよ》今日あることが儲け物なり

きょうもまたポストの底ひに喪の葉書友の訃報に気の沈みいる

老後には理想の平家《ひらや》と聞きいしに友の賀状は施設より来る

病院めぐり

穏やかな老後のあると思いしに外出といえば病院めぐり

悩みなど持たざるゆえの軽き身か小蝶は風に乗りて舞いいる

孤独とはかくも美しきかがやきか夕空にひとつ金星光る

いつの日もわれの帰宅を待ちていし母の心を老いて知る老い

厳しさも愛だと会得の現し身《うつ》にはるかな日の父夜天に恋いぬ

わが残生無為にすごせるこの時を外つ国の少女「温暖化」に起つ

弟と共に老いゆく筈だった会いたくてたぐる追憶の糸

老いゆえか言葉が濁り力なく喉でとどまりそのまま消える

今日の日記

記すほどの事なき今日の日記には満月見しと一行書きぬ

年金でくらす二人は夕食の小缶のビールにほろ酔いてゐる

五十年添いたる妻をよろこばすことが第一歌は二の次

待合に並ぶ人らの年齢を予想しそっと背を伸ばしおり

路上にてギター一つまびき唄う人歩みを止めるはわれひとりなり

人生をなぜに断ち切り彼岸へと去りしや友の遺影に愚痴言う

入りて陽は明日へとつづく茜なりされど夜明けの光を好む

港の灯ともりはじめて宵闇にふんばれと亡き父の声きく

一日をおのが身つくろい生きており老いの長寿を嘆くでもなく

振り向けど声を掛けれど影もなし母居し部屋に風通りゆく

つつましき母の一生を偲ばせて庭の白梅ほのかに匂う

終着駅

ひっそりと夜汽車深夜の駅に入る終着駅はかくもありたし

コロナ下も生花の続く地蔵尊供華の心に癒やさるるわれ

深ぶかの帽子にマスクで素通りす人遠ざけるコロナウイルス

日本の陽性一号奈良の人中国ツアーの運転手さん

新しき墓標の並ぶ丘の辺ゆはるかな海は波静かなり

今もなお海に対《むか》いて祈る母一人で迷うわが子思いて

みちのくの春なお浅き海の辺に還らぬ幼を待ちて佇つ母

蜘蛛の巣に掛かりし枯葉一枚が風に揺れおり今日で五日目

大戦を知らぬ世代が国政をになう危うさいずこの国も

若かりしあまたの兵の逝きし島今若者ら波と戯る

テレビ見て怒る自分を持て余す「かいざん・いんぺい」暗い漢字だ

公の助け少ないコロナ禍に自殺者急増を新聞に読む

父母の行年時を思いつつわが残生を数えていたり

アルバムの母の笑顔の懐かしきやさしきまなざし吾を見詰めて

明日の日の天気予報を見てをりぬ晴れていづこに行くともなきに

頽齢《たい》のまぎれもあらず兆しきて未来とはすぐそこにある死よ

高一に進学をせし今朝の孫馴れぬ手つきで顔剃りている

妻というほかになけれどこの人を妻とし呼ぶは何かおもはゆし

傘寿をすぎ行動半径縮少しわが日常も単純化せり

五体のひとつ

杖はもう五体のひとつとなりし身をいといて一人花野を行けり

次つぎと志をば成しとげて独り立ちする孫に幸あれ

歌はわが手作りの燭まよい行く無明のこの世ときに照らして

町内の男に限れば一番の歳上となりぬすこし落ちつけ

乳母車で擦れ違うとき幼子が車椅子の妻を見つめる

老いてこそ盛りを誇る短歌ぞと背を押しくる詩人の友が

夢みれば眠れた証しと喜びぬ悪しき夢でも眠れれば良し

どこへ行く道中に死す蟷螂の交通事故か家族いるやも

屋上に昇り来たればわが町の空のひろさよ月ひとつ置き

コロナ禍に食にも困る人いるもアベノミクスで増えたる長者

目に見えぬ敵を相手に身構える竹槍ならぬマスク一枚

安全の確保を理由にまかりとおるコロナは自由規制の切札

生産者の表示されたる白菜《しらな》買うその方の名と共に味あう

夕闇の狭庭に立てば虫の声かぼそき音に我が歳を知る

卒寿へと道を目指せど急降下老いの憂き目を妻と分かちぬ

戦場へ赴く如き意気込みで一年ぶりに市外に出かける

添え書きを読みゆく賀状まだ多くわれはよき友に恵まれてをり

年頭の強き念いも持たずして静かに目覚む元旦の朝

訪うことも訪われることもなき新年米寿と喜寿の夫婦で祝う

あとがき

これは私の第二歌集である。第一歌集『桜剣』以後の二〇一二年から二〇二一年までに詠んだ七八六首を納めた。

『桜剣』と違う点は、歳を重ねたせいか追憶の歌がやや多いように思う。この世に在って今や未来よりも過去の方が長くなったのだから当然の成り行きかもしれない。またそのために歌の順番が違うと思われるケ所があるやもしれないが御賢察のうえご了承願いたい。

振り返れば母可祝《かしく》は白寿まで生きたが、父一《はじめ》は米寿で他界した。思うに私も父の没年にあと一年となり、彼岸も身近に感ずる今日この頃である。

そのような事を考えていたら、妻由起が歌も随分溜まったようだからもう一冊出して歌集を二冊にしてはどうかと声をかけてくれた。

しばらく迷ったがこの一声がきっかけとなり、再出版することにした。

集名の「朝の食卓」は妻と二人で食事をしている時、「いずれはどちらかが欠けて一人になるのだなあ」と、ふと思った心情を詠んだその歌の結句からとったものだ。人生のほとんどを選挙戦に明け暮れた私を長い間支えつづけてくれた妻への感謝の気持ちを込めて付けたものである。

思えばわが生涯に於いて次の方々には、その節々で大変お世話になった。私が今日あるのもこの人たちのおかげであると言っても過言ではない。

小学生の時から大学時代まででは、原田芳政、須和田秀一、豊岳明秀、林文彦の諸先生である。社会人になってからは、和田博雄、江田三郎、三木行治、津国忠孝、平田要、山本啓太、浅原康幸、今村三郎、荒木弘、藤田正紀、堀マサミ、藤田郁代、樋口文子、濱口千枝子の諸氏である。残念ながらすでに故人となられた方が多いが、お名を書ききれなかった方も含め御尊名を記し、感謝の意を表する次第である。

ところで肝心の歌の出来栄えだが、『桜剣』に比べ少しは進歩したのではないだろうかと思っている。それに玉野市議である三女の美都の提案で創設された玉野市主催の西行賞（選者小見山輝）と熱海市主催の源実朝を偲ぶ歌会賞（選者小池光）に出詠し、それぞれ賞をいただいた作品も入れた。特に小池氏が選んで下さった歌は、歌人の大松達知氏が角川書店の月刊誌「短歌」（平成二七年一二月号）で滋味のある作品だとの論評を頂いている。お読み願えればこれ以上のよろこびはない。

令和四年一月十六日

著者　河﨑展忠

著者略歴

河﨑 展忠（かわさき　のぶただ）

昭和10年河﨑一《はじめ》、可祝《かしゅく》の次男として岡山県玉野市に生れる。昭和33年早大卒業、特別国家公務員となり参議院に勤務。昭和38年岡山県議会議員に初当選し、連続8期。昭和38年岡山地方裁判所調停委員（在職45年）。昭和44年県医療整備審議会会長、同年県世帯更生資金運営委員長。昭和46年県薬事審議会会長。昭和48年県民生委員選考委員長、同年県児童福祉審議会会長。昭和50年県社会福祉審議会会長。昭和52年県監査委員。平成6年県宅建協会会長（8代）。平成10年岡山県民共済を設立し理事長となる（初代）。同年稲門会岡山県支部顧問。
表紙裏の家紋は九曜桜で、河﨑家の家紋である。

著　書

『県会議員の見た東南アジア』（共著）
『私の地方自治論』
歌集『桜剣』（吉備人出版）

賞　罰

法務大臣表彰
建設大臣表彰
最高裁判所長官表彰
藍綬褒章受章
旭日中綬章受章

趣　味

囲碁　日本棋院五段
書道（雅号高村）
墨彩画

歌集　朝の食卓

初版発行日　二〇二二年三月一日
著　者――河﨑展忠
発行所――吉備人出版
〒七〇〇―〇八二三
岡山市北区丸の内二丁目一一―二二
電話〇八六―二三五―三四五六
ファクス〇八六―二三四―三二一〇
メール books@kibito.co.jp
ウェブサイト www.kibito.co.jp

印刷所――株式会社三門印刷所
製本所――日宝綜合製本株式会社

定価はカバーに表示しています。
ISBN978-4-86069-668-9